O QUE FAZER

O QUE FAZER

Pablo Katchadjian
tradução **Wladimir Cazé**

Relicário

© Relicário Edições, 2021
© Pablo Katchadjian, 2010

DADOS INTERNACIONAIS DE CATALOGAÇÃO NA PUBLICAÇÃO (CIP) DE ACORDO COM ISBD

K19q
Katchadjian, Pablo
O que fazer / Pablo Katchadjian ; traduzido por Wladimir Cazé. - Belo Horizonte : Relicário, 2021.
128 p. ; 13cm x 19cm.

Tradução de: Qué hacer
ISBN: 978-65-89889-07-6

1. Literatura argentina. 2. Romance. I. Cazé, Wladimir. II. Título.

2021-2364   CDD 868.99323
                                                       CDU 821.134.2(82)-31

Elaborado por Odilio Hilario Moreira Junior - CRB-8/9949

Coordenação editorial **Maíra Nassif Passos**
Assistente editorial **Márcia Romano**
Tradução **Wladimir Cazé**
Revisão **Maria Fernanda Moreira**
Capa, projeto gráfico e diagramação **Caroline Gischewski**
Ilustração **Robert Frank**

Obra editada com o incentivo do Programa "SUR" de apoio às Traduções do Ministério de Relações Exteriores, Comércio Internacional e Culto da República Argentina.

Obra editada en el marco del Programa "SUR" de Apoyo a las Traducciones del Ministerio de Relaciones Exteriores, Comercio Internacional y Culto de la República Argentina.

Rua Machado, 155, casa 1, Colégio Batista | Belo Horizonte, MG, 31110-080
contato@relicarioedicoes.com | www.relicarioedicoes.com
@relicarioedicoes   /relicario.edicoes

1

Estamos Alberto e eu dando aula numa universidade inglesa quando um aluno, com um tom agressivo, nos pergunta: quando os filósofos falam, o que dizem é exato ou se trata de um duplo? Alberto e eu nos olhamos, um pouco nervosos por não termos entendido a pergunta. Alberto reage primeiro: se antecipa e responde que isso não se pode saber. O aluno, insatisfeito com a resposta, fica de pé (tem dois metros e meio de altura), se aproxima de Alberto, o agarra e começa a enfiá-lo na boca. Mas embora isso pareça perigoso, não só os alunos e eu rimos, como também Alberto, com meio corpo dentro da boca do aluno, ri e diz: está bem, está bem. Depois Alberto e eu aparecemos numa praça. Um velho está dando de comer a um grupo de umas dez pombas. Alberto se aproxima do velho e eu pressinto algo e quero detê-lo, mas por algum motivo não consigo. Antes que Alberto chegue até o velho, o velho de alguma maneira passa a ser uma pomba e tenta voar, mas não consegue. Alberto coloca talas nas asas dele e lhe diz que ele vai se curar muito rápido, que seu problema é muito normal. O velho parece satisfeito. Depois aparecemos num banheiro de uma discoteca. Por algum motivo, estamos no banheiro das mulheres. Entra um grupo de cinco garotas muito lindas e arrumadas, suadas de tanto dançar. Uma delas parece estar um pouco bêbada ou drogada, e Alberto se aproxima cheio de intenções e vai para cima dela; pelo que vejo, ela deixa que ele faça o que quer, embora não se entenda o que ele quer, porque ele só se esfrega contra ela como se seu corpo estivesse pinicando; ela responde do mesmo modo, e assim eles parecem estar se coçando mutuamente. As outras quatro se aproximam de mim e de repente nós cinco estamos fazendo algo que não se entende. É como se a cena estivesse censurada. Então percebo que as mulheres são velhas, ao mesmo tempo que ouço Alberto falar com a bêbada sobre Léon Bloy. Diz que ele queria ser santo e que sofria porque não conseguia. Conta a cena em que Verônica arranca os próprios dentes e, embora Alberto esteja quieto, parece que ele gostaria de arrancar os dentes da garota. Eu o puxo pelo capuz de seu casaco e o arrasto para fora do banheiro. Alberto parece feito de trapo, é muito leve.

2

Vamos Alberto e eu a uma loja de brinquedos escolher um presente para um sobrinho dele. Alberto segura uma vassoura e me diz: isto é o que eu quero. Compra a vassoura; quando saímos parece que há um temporal. Ficamos sob o teto da loja de brinquedos, mas estamos cada vez mais incomodados porque o lugar começa a se encher de gente de modo ostensivo. Como se estivéssemos numa caixa, vamos subindo empurrados pelas pessoas que vão se acumulando embaixo de nós. Quando chegamos ao alto, justo no momento em que vamos cair, aparecemos dando aula numa universidade inglesa. Alberto está explicando a métrica dos limericks de Lear e de alguma maneira relaciona tudo isso com Lawrence da Arábia. Eu o interrompo para explicar o que Graves diz sobre Lawrence, mas Alberto me olha feio e me diz ao ouvido para eu não me exibir, que não é necessário. Por algum motivo o que ele diz não me chateia e tomo como um bom conselho que ele também poderia aplicar a si mesmo. Um aluno se levanta e pergunta por que os anarquistas colocavam bombas em restaurantes. Alberto começa a explicar; enquanto isso, o aluno cresce até alcançar o teto. Alberto parece não se dar conta do perigo e fala muito concentrado sobre as *Etimologias* de Santo Isidoro. Para evitar que o aluno alto volte a enfiá-lo na boca, puxo Alberto pelo capuz e o tiro de lá. Aparecemos num banco; Alberto quer vender uma vassoura (que não é a mesma que ele comprou, embora acredite que seja). Chegamos ao guichê e Alberto começa a contar à garota seu problema. A garota está nua, mas Alberto parece não se dar conta. Tento fazer com que ele note, mas ele faz psiu ao mesmo tempo em que faz um gesto com a mão. Não sei em que termina a transação, porque depois Alberto parece feito de trapo. Tento movê-lo mas só consigo fazê-lo piscar os olhos.

3

Estamos eu e Alberto numa espécie de terreno baldio. Entram uns dez estudantes ingleses e se posicionam como se estivéssemos numa sala de aula. Agora parece que estamos numa sala de aula de uma universidade inglesa. Estou explicando uma ideia de Boécio, mas Alberto me interrompe. Os estudantes se irritam com ele porque, segundo dizem, estão interessados no que eu digo. Mas Alberto insiste em me interromper e, quando consegue tomar a palavra, metade dos estudantes o escuta, metade me pede para continuar dando a aula. A situação fica cada vez mais tensa até que aparecemos numa sapataria. Alberto dá ao sapateiro suas botinas negras e lhe pede que troque o solado. O sapateiro termina em dez segundos e se gaba de sua rapidez dizendo: dez segundos! dez segundos! Alberto calça as botinas, mas uma delas tem um solado dez centímetros mais alto que a outra. Digo a Alberto que assim ele não vai conseguir caminhar, mas ele parece não se dar conta do problema. Alberto paga ao sapateiro e saímos. Aparecemos numa adega. Vejo que há por volta de oitocentas pessoas tomando vinho. Alberto e eu nos servimos cada um de uma taça. Percebo que o vinho tem gosto de trapo velho, e Alberto também percebe mas diz que não se incomoda. Alguém liga um televisor e aparece um homem muito bem vestido explicando como se filtra o vinho com trapos velhos. Alberto está de pé sobre o solado mais alto, por isso tenho que falar com ele olhando para cima. Isso me incomoda; por causa disso e do trapo velho começo a vomitar e imediatamente me dou conta de que não posso me controlar. Os bebedores gritam comigo; para evitar que se enfureçam de todo, Alberto me segura pelo capuz de meu casaco e me leva a um pátio negro. Sinto-me como se fosse feito de trapo, não tenho peso nem gravidade, mas não posso parar de vomitar; a sensação é de que o vômito não sai de meu corpo e sim aparece diretamente em minha boca e cai no chão.

Isso continua até que noto que o vômito, ao cair, ou pouco antes de cair, se transforma em água. A água começa a inundar o pátio negro e, sem nos darmos conta, chegamos a uma universidade e passamos a dar aula de latim e grego moderno.

4

Aparece Alberto junto com três ingleses. Os ingleses, ele me diz, são alunos nossos. Eu os escuto falar e algo me chama a atenção; logo noto que eles falam em inglês mas eu os entendo em espanhol; depois descubro que eles falam em português, sinto como se falassem em inglês e finalmente os entendo em espanhol. Pergunto a Alberto se com ele ocorre o mesmo, mas ele faz psiu e um gesto com a mão para eu me calar. Eu o puxo pelo cotovelo, irritado, e isso provoca a ira de um dos ingleses. Quando olho para ele, noto que mede três metros. Nesse momento descubro que estamos numa ponte mas que ao mesmo tempo estamos num barco. No entanto, tudo me parece muito natural. Pergunto a Alberto o que ele pensa disso; ele responde que lhe parece muito natural. Nesse momento, o barco (agora não passa de um barco) começa a afundar, e então Alberto diz: está afundando. Subimos num bote que Alberto tinha, mas junto conosco sobem quatro mulheres: uma jovem e três velhas. A jovem é linda e está nua; as velhas são feias e também estão nuas. A jovem parece aproximar-se de Alberto, mas quando Alberto a rejeita descubro que é jovem e velha ao mesmo tempo. A sensação é horrível, e por sorte aparecemos numa ponte (que não é a mesma de antes). Lá estão três estudantes espanhóis que nos perguntam se sabemos por que Léon Bloy sofria tanto. Alberto e eu começamos a falar ao mesmo tempo, e isso se revela perfeito porque não só nós nos entendemos e eles nos entendem, mas eles recebem o dobro de informação. O que não tem explicação é que em vez de falar sobre Léon Bloy falamos sobre Balzac: eu sobre *O primo Pons* e Alberto sobre *A mulher de trinta anos*. Mas Alberto não leu *A mulher de trinta anos*, e os estudantes notam isso e começam a ficar inquietos. Talvez por causa disso um deles, que mede dois metros e meio, segura Alberto e o enfia na boca. Alberto parece não se surpreender e diz que está tudo bem. No entanto, eu o puxo pelo capuz do casaco e o tiro da boca do estudante. Alberto me agradece enquanto, com um trapo, enxuga a saliva do estudante que, diz ele, lhe estraga as botinas negras.

5

Num aeroporto, Alberto e eu estamos explicando para uma velha uma nova relação que inventamos entre John Donne e Lawrence da Arábia. A velha concorda e nos pergunta: seria uma relação misteriosa? A pergunta nos desconcerta, sobretudo porque não lemos John Donne direito – embora tenhamos sim lido Lawrence da Arábia muito bem – e, enquanto tentamos responder, a velha desaparece e em seu lugar se instala um estudante de três metros de altura. O fundo também muda, porque agora estamos numa universidade inglesa. Um dos alunos é um bebê que parece ter uma cabeça de vaca, e Alberto me faz perceber o que a imagem tem de medieval. Eu concordo e não concordo ao mesmo tempo, porque consigo perceber que, por mais que o bebê seja medieval, tudo isso não pode ser medieval sob nenhum ponto de vista. No entanto, como se em cumprimento aos desejos de Alberto, tudo passa a ser *nitidamente* medieval. Mas agora é um aeroporto medieval, e Alberto me diz: tudo isto é falso. Respondo que sim, que acontece a mesma coisa em qualquer sonho. Alberto me olha e me diz: não, não, quero dizer que *de qualquer forma* isto é falso. Tento prestar atenção mas não posso ver nada preciso. Alberto aponta para cima. O que vejo é que há alguém que olha e analisa o que fazemos. Mas nós não estamos fazendo nada, digo. A pessoa anota tudo. Alberto diz: falar não é fazer. A pessoa de cima continua anotando. Perguntamos à pessoa de cima quem ele é, e ele nos diz, com uma voz de estúpido perceptivelmente fingida, que é um trapo velho. Perguntamos o que está fazendo e ele nos diz que nós somos sua realidade. Começamos a rir, um pouco por nervosismo, um pouco porque sua resposta nos causa graça de verdade. Para continuarmos a rir, perguntamos se ele quer dizer que somos a realidade dele ou que ele é a nossa; em vez de nos responder, para nossa surpresa, a pessoa se transforma em fundo, e embora possamos ver que o fundo não é senão uma universidade inglesa, não podemos deixar de saber que o fundo é uma pessoa e que essa pessoa é um trapo velho, mas que no entanto o fundo não é de trapo velho mas é a própria universidade inglesa. Apesar de tudo isso, como estamos numa universidade inglesa, tentamos explicar a relação misteriosa entre John Donne e Lawrence da Arábia. Escrevemos no quadro: Sete pilares da sabedoria de John Donne. Mas, quando estamos para começar a aula, o fundo nos engole e nos tira de lá como se estivéssemos feitos de trapo velho. Na escuridão, consigo notar que Alberto pisca os olhos.

6

Ouço um ruído e aparecemos Alberto e eu num quarto com as paredes cobertas de prateleiras. As prateleiras estão repletas de uns bonequinhos de cerâmica sem forma clara, ou pelo menos não clara para nós. Alberto me diz: nós somos esses bonequinhos. Nesse momento vejo que os bonequinhos têm minha cara *ou* a de Alberto, ainda que eu não possa explicar como podem ter a minha *ou* a sua cara, isto é, como até algo assim possa estar sem se definir. De repente ouço outra vez o ruído do início, mas desta vez mais potente. Sem saber como, aparecemos em outro quarto que é exatamente igual ao anterior, mas com a diferença de que tudo parece ser mais frágil: as paredes, as estantes, os bonequinhos. Até eu mesmo. Pergunto a Alberto se ele também se sente assim, mas ele não chega a me responder porque tudo começa a cair. Os bonequinhos despencam das estantes bamboleantes e eu começo a me desesperar tentando pegá-los no ar para evitar que se destruam. Mas não consigo, e os bonequinhos caem e se arrebentam em pedaços, e isso me provoca muita angústia. Nisso vejo que Alberto deixa de tentar pegá-los no ar e agora está muito tranquilo, quase sorrindo. Grito com ele para me ajudar, mas ele diz: melhor derrubar tudo antes que caia no chão. Pergunto o que ele quer dizer mas em vez de me responder ele começa a correr os braços nas estantes e a destruir tudo o que pode enquanto grita sim. Ao vê-lo tão satisfeito eu o imito, e a alegria que sinto me faz tão bem que não consigo parar de quebrar tudo, de destruir os bonequinhos contra o teto, contra outros bonequinhos, contra si mesmos. E continuamos assim muito tempo destruindo tudo o que podemos e como sempre há algo prestes a cair continuamos sempre gritando de alegria destruindo bonequinhos de cerâmica.

7

Entro numa casa que se assemelha a uma universidade inglesa e dentro vejo Alberto. Parecem ser mais ou menos oito ou nove da manhã. Avançamos pelos quartos e corredores até chegar a uma porta de metal; Alberto abre, entramos e fechamos a porta atrás de nós. Vemos que estamos num pátio e que só temos um metro quadrado de cimento sobre o qual podemos pisar, porque o resto é água, uma espécie de lago artificial. Quando queremos voltar para a casa, notamos que a porta está trancada. Não sabemos o que fazer, e antes de nos decidirmos aparecem uns dez alunos num bote e tudo volta a ser uma universidade inglesa. Começamos, então, a dar aula. Quero falar sobre Stevenson, mas Alberto insiste em Léon Bloy. Proponho um meio-termo; digo para ele: falemos de Rubén Darío, de *Los raros*. Alberto gosta da ideia e começa a dizer que Darío não tinha lido Lautréamont quando escreveu sobre ele, e para isso se baseia numa resenha de Léon Bloy. Digo para Alberto que ele está descumprindo o acordo, embora eu possa perceber que o que ele diz é exato: Bloy tinha escrito sobre Lautréamont, Darío tinha lido essa resenha e dela tinha roubado as citações para a sua resenha. Mas como em vez de dar aula discutimos um com o outro e ainda por cima nos exibimos, os alunos, que medem dois metros e meio, se enfurecem. Como sabemos o que pode acontecer, tentamos escapar e aparecemos correndo por uma pradaria verde e luminosa. Corremos tão rápido que terminamos rolando e caímos num valão de água podre e trapo velho. Saio primeiro e tiro Alberto puxando-o pelo capuz do casaco. Quando consigo tirá-lo, noto que Alberto pisca os olhos.

8

Estamos Alberto e eu num bar que parece de um filme estrangeiro (não inglês, mas norte-americano). Chamamos a garçonete para pedir o café da manhã. Quando ela se inclina para limpar a mesa Alberto tenta olhar seu decote, e eu o imito e faço igual. Então começamos a pedir coisas para tentar ver o decote dela: um café, um chá, colheres, medialunas... Até que descubro que por mais que olhe não verei nada, porque a visão está bloqueada, isto é, porque existem buracos no fundo do sonho que me impedem de ver o que haveria ali se o fundo estivesse completo. Comento isso com Alberto. Com ele acontece a mesma coisa, e ao fim de uma discussão muito confusa descobrimos que o fundo tem esses buracos porque é feito de trapo velho. De repente, Alberto é uma múmia. E embora não se veja a cara da múmia, sei que a múmia é Alberto, principalmente por dois fatos: primeiro, porque por baixo das vendas se sobressai o capuz de um casaco; segundo, porque as vendas são de trapo. Não estamos mais no bar, mas a garçonete está comigo, muito preocupada com o que acontece com Alberto. Tento olhar seu decote, embora nesse momento eu tenha certeza de que na realidade a garçonete é uma velha e não se trata do mesmo decote de antes. O que efetivamente faço é tentar tirar as vendas de Alberto, mas por mais que me esforce sempre há mais vendas. Quando acredito ter encontrado sua cara vejo que não é a cara de Alberto, mas a de um estudante de uma universidade inglesa, e fico muito satisfeito ao notar que já estamos numa universidade inglesa e que Alberto está fazendo uma comparação entre São Paulo Apóstolo e São Paulo Ermitão enquanto eu explico a divisão por idades de Santo Isidoro. Mas os alunos não entendem de religião e nos acusam de místicos e de estarmos nos exibindo, e Alberto e eu ficamos um pouco nervosos e começamos a piscar os olhos. Depois escutamos uma voz que diz: "tantas outras coisas belíssimas que me serão explicadas no paraíso." Mas Alberto pensa que eu é que digo isso e me acusa de pedante diante de todos os alunos. Fico tão nervoso que começo a produzir muita saliva enquanto os alunos me atiram pedras e Alberto, arrependido de ter provocado tudo isso, me protege com seu capuz e com uns trapos muito finos, como de musselina velha.

9

Alberto e eu temos os bolsos cheios de manteiga congelada, e faz tanto calor que tememos que a manteiga comece a derreter e estrague nossa roupa. Começamos a correr por um caminho que parece uma pradaria cheia de algo parecido com frutas secas e entramos numa casa onde mora uma velha. A velha aponta para mim com espanto e Alberto me diz: sua cabeça está crescendo. Nesse momento me olho num espelho e vejo que minha cabeça está crescendo, mas o efeito na realidade é que tudo diminui menos minha cabeça, que permanece com seu tamanho normal. Alberto me dá uma tesoura e tento cortar meu cabelo para evitar que a cabeça continue aumentando, mas não posso fazer nada, e a situação piora e se torna cada vez mais confusa. Nesse momento me dou conta de que o que faz com que tudo esteja mal é a velha, que não para de gritar e nos deixa nervosos. Então digo a Alberto que coloque um trapo velho na boca da velha para que ela não possa gritar. Alberto não encontra trapo velho, contudo encontra musselina velha e é isso o que põe na boca da velha. Mas a musselina cumpre sua função de tal forma que, em vez de gritos, sai agora da boca da velha uma bela melodia que encanta todo o bosque (nesse momento descobrimos que já estávamos num bosque). Deixamos a velha lá e saímos, e ao sair estamos numa universidade inglesa, mas desta vez como alunos. Os professores, no entanto, também somos nós, e o terrível é que nos escutamos discutir sobre Léon Bloy e nos damos conta de que já estamos cansados de nós mesmos (cada um de si mesmo). A discussão se interrompe quando uma pessoa com uma cara muito estranha nos diz que se continuarmos com nossas bocas fechadas não vamos conseguir falar. Mas nós estamos falando e nossas bocas não estão fechadas, de modo que chegamos à conclusão de que o comentário dessa pessoa é uma cilada: presume que protestaremos, ao notarmos a falsidade de sua observação.

Decidimos, então, não protestar, e aí notamos que a cilada era mais complexa: a intenção de não protestar nos faz fechar a boca e, quando a pessoa volta a fazer sua observação, já não podemos protestar porque ela é verdadeira.

10

Estou furioso e indignado porque Alberto não para de falar de Borges perante nossos alunos da universidade inglesa, que estão extasiados escutando coisas sobre espelhos, labirintos e duplos. Alberto não se interessa por esses temas, mas sabe que eles servem para cativar os alunos ingleses. Não somente me incomoda que ele fale sobre isso mas também que eu, apesar de dominar o assunto, não possa fazer o que Alberto faz porque resisto a falar disso. Tento interrompê-lo falando sobre Léon Bloy, mas os alunos fazem psiu, fazem gestos com a mão, jogam trapos velhos e pedras em mim... Fico coberto de trapos velhos e pedras e quando estou para sufocar apareço num barco que parece uma universidade inglesa. Alberto está falando com uma velha. Vou até eles mas sou interceptado por um homem que por algum motivo sei que é pobre de espírito. Escapo dele e procurando por Alberto entro numa adega com oitocentos bebedores de vinho. Eles me oferecem um pouco mas digo que não porque sei que o vinho tem gosto de musselina. Alberto está sentado falando com a velha. Aproximo-me deles mas sou interceptado pelo pobre de espírito, que se põe a chorar enquanto me mostra um papel em branco que tem na mão. Escapo novamente dele e me sento com Alberto e a velha, e eis que ela é uma garçonete. Alberto está falando para ela sobre Borges e eu fico realmente furioso, porque com a garçonete ele poderia falar de temas mais interessantes. Eu o puxo pelo capuz para levá-lo para fora, mas ele me puxa pelo meu capuz, de modo que ficamos cruzados e completamente imobilizados. Nessa mesma posição aparecemos caindo indefinidamente. Ao fundo se ouve uma música cantada por uma velha; pela sensação, é como se estivéssemos no paraíso.

11

Estamos Alberto e eu numa espécie de hall de entrada de uma universidade inglesa onde há uma competição de cérebros. Consiste em pesar o cérebro dos participantes e o mais pesado ganha algo que não se entende o que é (se vê numa vitrine, mas não se entende). Alberto e eu competimos e perdemos, embora acreditássemos que podíamos chegar a ganhar; de repente, aparece o pobre de espírito e ganha, embora todos saibam que ele não é inteligente. Começa a se formar uma discussão; Alberto me leva a um canto e me mostra que ficou sem dentes, e eu reparo que tampouco tenho os meus. Quando olho para trás, vejo um bando de pessoas que sei que são fascistas, embora nada em sua aparência indique isso. Quando acredito ter certeza de que eles estão com nossos dentes, Alberto me olha e vejo que novamente ele é uma múmia.

Começo a me preocupar e não sei o que fazer, mas nesse momento o seguinte raciocínio se apresenta a mim com uma clareza impressionante:
- Alberto é uma múmia
- Lênin foi mumificado
- Lênin escreveu *O que fazer?*
- Alberto me dirá o que fazer

E estou para perguntar a ele quando me dou conta de que não posso fazer isso porque o raciocínio está escrito numa lousa e estamos numa universidade inglesa dando aula sobre a obra de Ilya Kabakov, que segundo Alberto pode ser relacionada com *Os sete pilares da sabedoria*, embora eu prefira relacioná-la com as exegeses de Léon Bloy ou com a castração voluntária de Orígenes (indistintamente). Nenhum aluno entende as relações, e a causa disso é que eles deixaram seus cérebros na competição e porque nós, mais que dando aula, estamos nos exibindo. Perguntamo-nos, então, o que fazer, e Alberto, contrariamente ao que diz a lousa, não sabe. Nesse momento escutamos o canto da velha com musselina na boca e aparecemos num bosque cujas árvores parecem feitas de trapo velho.

Escutamos ao fundo oitocentos bebedores de vinho. Os bebedores de vinho cantam algo que funciona muito bem com a melodia da velha. A sensação final é de que o momento é perfeito, apesar de que, não obstante isso, sentimos um peso: poderia ser a falta de dentes ou a falta de cérebro.

12

Sinto que minha cabeça é excessivamente pesada e Alberto diz para eu não me preocupar. Mas Alberto se sente muito mal também, e por isso decidimos visitar um médico. O consultório do médico parece uma cantina, e enquanto nos perguntamos por que é desse jeito, notamos algo estranho no médico. Alberto me diz: é o pobre de espírito. E depois me diz que o bando de fascistas e o pobre de espírito estão por trás de tudo isso. Quando lhe pergunto a que se refere com "tudo isso", Alberto me diz: me refiro ao desastre que é tudo isso. Eu o entendo com perfeição, e embora esteja claro que eu entenda, não é claro o que é que entendo. Estou tentando explicar isso a mim mesmo quando a velha se aproxima de nós, e sua simples aproximação nos deixa de bom humor e nos tira as preocupações. Notamos de imediato que a velha se caracteriza por não necessitar de uma estrutura racional para nos entender e que é isso o que nos faz tão bem. Sentimos que somos compreendidos. Mas nesse momento descubro que a velha é ao mesmo tempo a garçonete; pergunto a Alberto se ele percebe a mesma coisa e ele me diz que sim. Há um corte de repente e agora Alberto quer presentear um sobrinho seu com uma vassoura que tem na mão. Depois ocorre outro corte e Alberto quer levar suas botinas negras ao sapateiro. Fico nervoso, porque sinto que Alberto está vivendo as situações de forma distinta de mim. Tento convencê-lo de que suas botinas estão boas e lhe digo que corremos perigo, mas Alberto não se dá conta de nada, insiste com a vassoura e com as botinas, porém alternadamente, isto é, passa de uma coisa a outra sem que ambas se relacionem entre si: quando fala da vassoura esquece as botinas e quando fala das botinas esquece a escova. Para salvá-lo, puxo pelo capuz de seu casaco e o tiro de lá. Aparecemos, então, num bosque tão claro que Alberto entende, por contraste, o perigo que corríamos antes. A mim, inversamente, o contraste faz esquecer de tudo. Sentimo-nos muito leves e pensamos no cérebro de Sonia Kovalevskaia e de Lênin juntos, isto é, matemática e revolução; esse é o tema que começamos a explicar quando aparecemos numa universidade inglesa; a aula começa com uma frase de Simone Weil que Alberto escreve numa lousa: "Quando não se exercitou seriamente a inteligência com a ginástica das matemáticas, se é incapaz de pensamentos precisos, o que é o mesmo que dizer que não se é capaz de nada."

13

Estamos numa sala de aula de uma universidade inglesa. Vejo pela janela que está nevando e que é possível que a neve chegue a nos cobrir; para não pensar nesse perigo e para evitar que os alunos o percebam, ponho-me a falar de Santo Isidoro enquanto Alberto explica os problemas da tradução da Bíblia de São Jerônimo. Mas de repente quero relacionar tudo com *A conquista do pão* de Kropotkin e isso enfurece Alberto; ele me diz: já tem gente se exibindo. Um aluno se levanta e pergunta por que os anarquistas colocavam bombas em restaurantes. Alberto não sabe o que lhe dizer e começa a ficar nervoso. Eu o puxo pelo capuz e aparecemos no banheiro de uma discoteca. É o banheiro das mulheres. Tudo parece estar muito tranquilo, e nesse momento notamos que a discoteca está vazia porque são três da tarde. O tempo passa com muita lentidão até que, justo no momento em que começamos a nos aborrecer, aparecemos num hall de uma universidade inglesa. Há muitas pessoas, e tenho a impressão de que as pessoas apontam para nós e fazem observações a nosso respeito. Pergunto a Alberto e ele me diz que percebe a mesma coisa. Ouço sussurros às nossas costas e me dou conta de que as pessoas que falam não sabem que nós escutamos o que dizem porque o que nos permite ouvir tudo é a acuidade de nossos ouvidos. Lamentavelmente, notamos que temos os bolsos cheios de manteiga congelada e temos que partir por medo do calor. Olhamos para trás e vemos que estão pesando o cérebro de cinco imigrantes. Tentam tirar conclusões mas estão discutindo em excesso; finalmente chegam às vias de fato. De longe, observando a briga e anotando tudo está o pobre de espírito com dois fascistas. Quando conversam vemos seus dentes, que estão enegrecidos. Sobre tudo isso conversamos quando aparecemos numa universidade inglesa; dedicamos toda a aula a explicar que a única coisa que realmente distingue os homens dos animais é o pudor de mostrar os dentes. Explicamos: a tendência, nos homens, é usar os dentes mas mantê-los ocultos; nos animais, usá-los e mostrá-los quando necessário (nos homens nunca é necessário mostrá-los além do exigido pelos rituais criados para enfrentar e ao mesmo tempo enganar os animais). Deixamos de explicar porque notamos que os alunos não entendem nada.

14

Alberto e eu sentimos que nossas cabeças estão diminuindo; Alberto me diz: o que vamos fazer com as mãos quando não tivermos mais cabeça? Respondo com dificuldade, porque minha mandíbula está travando; digo que não sei. Nesse momento sentimos no ambiente algo como um equilíbrio, mas as cabeças continuam a diminuir do mesmo jeito. Alberto me diz: isso é o que eu chamo de terror equilibrado. Ele me diz que é brutal, isto é, que é ruim e bom ao mesmo tempo. Eu o corrijo: você quer dizer positivo e negativo. Ele, em resposta, faz psiu e um gesto com a mão. De repente a questão das cabeças deixa de se fazer presente e estamos num banco. Alberto quer trocar uma vassoura que tem na mão por um maço de dólares. A garota diz que não é possível, mas Alberto insiste. Nesse momento olho as pessoas que estão no banco. Há uns turistas, um pobre de espírito, umas velhas, uns imigrantes e uns fascistas. Por algum motivo, tenho certeza de que alguns deles são terroristas. Primeiro suspeito dos turistas; depois, dos imigrantes; depois, das velhas; depois, dos fascistas; depois, do pobre de espírito. Mas nesse momento tenho outra certeza a mais: nós mesmos somos terroristas, mas não porque *fazemos* algo terrorista, porque nem nós nem os outros estamos fazendo nada. Pergunto a Alberto se ele se sente terrorista, e ele me diz que sim. Eu sinto a mesma coisa. Pergunto aos turistas e eles me dizem que sentem a mesma coisa; pergunto aos imigrantes e eles me dizem que acham que sentem a mesma coisa; pergunto às velhas e como resposta elas me mostram as palmas de suas mãos; os fascistas não me respondem e fecham os olhos, e o pobre de espírito me diz que não sabe e tapa os ouvidos. Todos temos medo de nós mesmos. O que poderíamos vir a fazer? Não sabemos, e esse é o problema: de que seríamos capazes? Pergunto a Alberto de que seríamos capazes, e ele me diz que não sabe e que tampouco sabe o que fazer com as mãos. Tranquilizamo-nos quando aparecemos numa praça em que há um velho que é ao mesmo tempo uma pomba. O velho tem as asas quebradas e Alberto o cura usando as mãos. Ele me diz: uso minhas mãos para isto. Ergo meu polegar para demonstrar minha aprovação, mas Alberto não me vê porque está muito ocupado. Quando decido tentar ajudá-lo, o velho já está voando. O céu se torna muito luminoso e aparecemos numa universidade inglesa. Proponho falar sobre a correspondência apócrifa entre Sêneca e São Paulo Apóstolo, mas Alberto, para não se exibir, quer falar de hidráulica, do princípio das válvulas de água. Chegamos a um acordo e decidimos analisar a correspondência apócrifa entre Sêneca e São Paulo Apóstolo segundo a lógica das válvulas de água. Os alunos estão contentíssimos e aplaudem tanto que não nos escutam.

15

Estamos Alberto e eu numa universidade inglesa dando aula, mas por algum motivo não suportamos mais a situação e saímos; fora da sala eis que há uma ponte. Há muito vento, tanto que meu cachecol sai voando e Alberto perde uma vassoura que tinha na mão e queria dar de presente a um sobrinho seu. De qualquer maneira ficamos parados no meio da ponte como se esperássemos algo importante. E acontecem muitas coisas, mas não é claro o que acontece nem tampouco é claro se realmente acontece. Por exemplo, Alberto tem novamente a vassoura na mão, e eu, meu cachecol no pescoço. Então: tínhamos perdido essas coisas realmente? Não podemos saber. Aparecemos numa universidade inglesa explicando isso que Alberto decide chamar de paradoxo, embora eu não esteja de acordo. Mas não podemos terminar a explicação porque voltamos a aparecer na ponte e nossas coisas voltam a sair voando, mas, desta vez, diferentemente de antes, o fato de os objetos voarem me causa um enorme pesar. Pergunto a Alberto se com ele acontece a mesma coisa e ele me diz que sim. Nesse momento entendemos que sentíamos esse pesar desde antes de começarmos a senti-lo, e que o que tinha feito com que não suportássemos mais ficar na universidade inglesa tinha sido esse mesmo pesar. Mas Alberto pensa numa solução: pesar o pesar. Disso falamos quando aparecemos numa universidade inglesa: de curar com aquilo mesmo que faz mal, de dar veneno ao veneno, isto é, de Hipócrates contra Galeno.

16

Estamos relacionando Juvenal e Pérsio com Léon Bloy. A relação é tão óbvia que os alunos da universidade inglesa não a entendem. Um deles, de dois metros e meio de altura, pergunta em tom de ameaça: esses conteúdos são irracionais? Nem Alberto nem eu entendemos a pergunta, mas, de algum lugar me vem uma voz que responde que sim, que os conteúdos são irracionais porque emergem não se sabe de onde (ou porque não se sabe de onde emergem), mas que o sistema de conteúdos é a única coisa racional que existe e que deveríamos confiar nisso. O aluno, agora com uma voz dupla, insiste: o sistema é realmente racional? Continuamos sem entender a pergunta, mas torno a responder com uma voz que é como se não fosse minha, ou que pelo menos não sinto como minha: sim, o sistema é realmente racional, mas não se confunda: a ideia do sistema é irracional, e sua origem é irracional também; o racional, o verdadeiramente racional, é seu funcionamento e sua lógica. O aluno concorda e se vai. Todos saem com ele. Ficamos Alberto e eu sentados ali, atrás de uma escrivaninha, e Alberto me pergunta: de onde você tirou essas tolices que disse agora? Respondo que eu não as disse, que elas me escaparam de algum lugar, e que as próprias palavras eram irracionais porque, por mais que tivessem sua lógica, não sabíamos qual era sua origem. Ouve-se, nesse momento, no barco (porque agora sabemos que estamos e que sempre havíamos estado num barco: é uma certeza), uma música bonita que provém de dois lugares: de oitocentos bebedores e de uma velha. Quando pensamos nos bebedores, estamos numa cantina; quando pensamos na velha, estamos num bosque: tudo depende de onde colocamos nossa atenção. O que não entendemos é como pode ser assim se ambos soam ao mesmo tempo, isto é, se a música é a mescla perfeita desses dois lugares, do bosque e da cantina. Quando entendemos isso aparecemos explicando o fato numa universidade inglesa: eram oitocentas velhas. Alberto, para evitar que os alunos se irritem, diz para eles que tudo se trata de uma construção poética.

17

Alberto tem vontade de levantar do chão (está no chão) e eu lhe digo que isso não lhe convém. Eu também estou no chão e tento me levantar, mas não consigo. Depois aparecemos numa universidade inglesa e damos aula. Depois corremos por um bosque. Depois estamos numa cantina com oitocentos bebedores. Depois, numa praça na qual há um velho que é uma pomba. Alberto tenta consertar suas asas quebradas, mas o velho sai voando. Então descobrimos que as asas não estavam quebradas, ainda que ao ver o velho voar não haja dúvida de que as asas estão completamente quebradas e que com cada ruflar das asas um osso a mais se parte. Da mesma forma, o velho continua voando bem. Ao fundo, como oriunda do céu, se ouve uma música cantada por uma velha. A música nos comove e nos faz lamentar nossa situação.

18

Estamos numa sala de aula de uma universidade inglesa explicando uma nova relação que inventamos entre São Paulo Ermitão, São Paulo Apóstolo e Kleist. Alberto tenta demonstrar que a marquesa de *A marquesa de O…* estava grávida de um santo, e para isso se apoia em algumas ideias apócrifas de São Paulo Apóstolo. Mas em certo momento percebo que minha cabeça está crescendo ao mesmo tempo que tenho manteiga congelada nos bolsos. Começo a ficar nervoso e quero sair para tomar ar, mas o tamanho de minha cabeça não me permite passar pela porta. Por um momento, estou dentro e fora *ao mesmo tempo*; mas isso dura pouco e em seguida estou somente dentro. Curiosamente, ninguém se dá conta; depois descubro (pelo que todos dizem) que o que acontece é que para eles minha cabeça está bem e que por isso eles não têm do que se dar conta. Mas por mais que eles pensem isso, nesse momento eu tenho certeza de que minha cabeça está aumentando de tamanho e sei que isso representa um perigo para mim e para todos. Tento falar disso com Alberto mas ele faz psiu e um gesto para que eu me cale. Aparecemos numa cantina, e minha cabeça continua crescendo. Alberto continua sem notar esse fato, mas os bebedores estão muito nervosos porque sabem que há um perigo latente. Vários deles saem para vomitar num pátio negro. Aproveito esse momento de confusão para pedir a Alberto que olhe bem para minha cabeça. Nesse ponto estamos, quando de repente o foco deixa de ser minha cabeça e passa a ser um cheiro de trapo velho. Isto é, ninguém mais pensa, nem eu mesmo, no tamanho de minha cabeça. O cheiro de trapo velho nos desconcerta, e tudo continua num desconcerto que parece não terminar nunca, como uma náusea permanente e suspendida.

19

Estamos tentando fazer com que os alunos de uma universidade inglesa entendam o que Debord via em Tucídides. Os alunos entendem perfeitamente, mas Alberto insiste em repetir a ideia, uma vez após a outra. Cada vez que a repete, os alunos tornam a entendê-la. E tudo parece continuar assim até que um aluno de dois metros e meio de altura segura Alberto e o enfia na boca enquanto diz que nossas aulas são uma "mutreta". Repete "mutreta" tanto que os outros alunos começam a dizer a mesma coisa. Sem que eu me dê conta, Alberto desaparece: só um pedaço do capuz do casaco dele desponta da boca de um aluno. Tento puxar por ele para resgatá-lo, mas isso se mostra difícil. O aluno, cada vez mais nervoso, repete: é uma mutreta. Ouço Alberto repetir de dentro do aluno que está tudo bem, não precisamos nos preocupar; diz: está bem, está bem. Nesse momento não sei o que acontece, mas a sensação é de que tudo se complica. O estado de complicação dura muito tempo e tudo se escurece até que aparecemos num banco. Alberto quer vender uma vassoura; uma garota nua o atende. Tento fazê-lo notar que a garota está nua, mas Alberto faz psiu e um gesto com a mão. Então noto que o banco inteiro é de trapo velho e que por isso o cheiro é asqueroso. Digo isso a Alberto, mas ele está muito concentrado contando a grana que recebe. Apesar disso, depois, em vez da grana nos bolsos, temos manteiga congelada e estamos muito nervosos porque não queremos que ela derreta e estrague nossa roupa (porque, embora nossa aparência seja desastrosa, temos certeza de estar bem vestidos). Aparece uma velha com musselina na boca; seu canto cobre tudo com uma espécie de perfume. O canto dos oitocentos bebedores que aparece imediatamente ao fundo para reforçar a melodia, por outro lado, transforma tudo numa cantina.

20

Estamos Alberto e eu num quarto de uma universidade inglesa tentando dormir no chão, apesar de usarmos cobertores curtos para nosso tamanho. Toda vez que estou para adormecer, entra no quarto uma velha e nos agasalha com uma violência que sua cara de bondade torna estranha. Alberto também acorda toda vez que isso acontece. Tentamos dizer a ela para que não faça mais isso, mas ela nos diz: quem vai ajudar vocês quando estiverem dormindo? Vejo que Alberto pisca os olhos: está muito nervoso, e a causa disso é que compreende, como eu, que se dormirmos ficaremos nas mãos da velha, ainda que ela tenha a delicadeza de evitar essa situação, que a lançaria numa verdadeira responsabilidade, impedindo nosso sono. Tentamos nos levantar mas não conseguimos. Depois não sei o que acontece e aparecemos numa ponte. Há uns oito bebedores que representam oitocentos deles. Depois estamos numa universidade inglesa dando uma aula sobre Léon Bloy; por algum motivo, os alunos são velhas. O cheiro que sentimos é de trapo.

21

Na universidade inglesa os alunos me fazem perguntas realmente difíceis; vou respondendo a todas. Isso me provoca a sensação de saber tudo o que me pode ser perguntado, e essa sensação me causa uma alegria enorme, que se interrompe quando um aluno de dois metros e meio de altura me pergunta: o que você vai fazer com suas mãos quando não tiver mais cabeça? Alberto me olha e, piscando os olhos, me diz: sua cabeça está crescendo demais. Há agora uma situação tensa que dura muito tempo sem se alterar. De repente aparecemos num quarto destruindo bonequinhos e, apesar de parecermos satisfeitos, não sentimos nenhum tipo de alegria nem nada parecido: sentimos que deveríamos nos divertir e que algo nos impede. Descubro que o incômodo está em minha cabeça: ela se esticou tanto para cima que começou a destruir o teto; pelo buraco que se vê no teto entram uns pássaros que carregam os bonequinhos. Alberto está furioso. Acusa-me de não querer aproveitar. Diz: este quarto era a única coisa que tínhamos. Eu lhe digo que, por um lado, ele está exagerando, e que, por outro, tudo isso é uma "mutreta", e, embora ao dizer essa palavra eu me sinta um imbecil, repito-a várias vezes. Alberto me diz que não é uma "mutreta" e sim uma "treta" minha. Peço que ele diga de outra forma, porque não entendo a palavra (e repito "a palavra" várias vezes, cada vez mais nervoso). Aparece uma velha e pergunta: seria uma relação misteriosa? A velha tem em seus braços um bebê com cabeça de vaca *nitidamente* medieval.

22

É tudo muito pouco claro, porque estamos numa universidade inglesa mas ao mesmo tempo não estamos em nenhum lugar definível, embora tenhamos certeza, sim, de estar em guerra. Estou muito nervoso; pergunto a Alberto se com ele acontece a mesma coisa e ele diz que sim, e que estamos nervosos porque precisamos manter as posições conquistadas e avançar sobre o território do inimigo. Mas quando tentamos ver que posições foram conquistadas não as vemos; e quando tentamos definir o inimigo não conseguimos. Sabemos, sim, que estamos em guerra, embora o único indício seja estarmos nervosos, realmente nervosos. Alberto, por efeito do nervosismo, pisca os olhos, e eu sinto que minha cabeça cresce. Nervosismo e preocupação permanente, diz Alberto; e esse nervosismo, acrescenta, é a guerra (isso, pelo menos para ele, parece ser uma certeza). Continua tudo igualmente confuso por um tempo longo até que aparecemos numa cantina. Há oitocentos bebedores cantando uma canção de guerra que diz: vamos à guerra / é só o que resta. Esses dois versos se repetem uma vez após a outra. E sobre eles se ouve a melodia da velha com musselina na boca, mas desta vez é uma melodia tensa e dissonante que nos deixa mais nervosos. Depois aparecemos correndo por um bosque em que as árvores estão queimadas ou caídas ou as duas coisas. Alberto me pergunta: o que vamos fazer com as mãos? Respondo que não sei, que ele é quem sabe o que fazer, e nesse momento para diante de nós um fracassado. Apesar de corrermos, o fracassado continua de pé na nossa frente. O fracassado nos diz: eu queria que isto não fosse desse jeito. Alberto fica muito nervoso. Eu o puxo pelo capuz e aparecemos numa universidade inglesa falando de Clausewitz e de sua relação com Tucídides. Os alunos são fascistas, e estamos tão nervosos que a aula vai mal. Da porta da sala, o pobre de espírito nos observa.

23

Estamos Alberto e eu dando aula numa universidade inglesa. A aula não tem tema claro, embora pareça uma tentativa de aproximação à guerra (parece ser sobre uma guerra que *está acontecendo*). Alberto diz primeiro que a guerra é latente, isto é, presente e invisível. Eu logo acrescento que a guerra não é o fato da guerra e sim a sensação que ela produz. Os alunos, em sua maioria fascistas (por algum motivo temos certeza de que são), não querem entender. Tentamos nos aproximar do tema partindo de uma frase e suas possíveis variações; por exemplo:
- a guerra é estar nervoso
- estar em guerra é estar nervoso
- estar nervoso é estar em guerra

E muitas nesse estilo até chegarmos a uma que nesse momento nos parece perfeita: a guerra é um estado nervoso. A frase fica ressoando até que um dos alunos, que mede dois metros e meio, nos pergunta: a guerra é um estado da alma? E uma velha nos pergunta: seria uma relação de guerra misteriosa? Aí nos damos conta de que deveríamos ter esclarecido que a guerra, apesar de tudo isso, existe independentemente do nervosismo, mas que não o fizemos para não parecermos contraditórios. Alberto me diz: deveríamos ter dito o seguinte: o estado nervoso é uma das formas de viver a guerra; a outra é atuar nela, mas para isso é imprescindível saber o que fazer. Digo-lhe que isso me parece bom, mas que acrescentaria o seguinte: saber o que fazer é a única forma de anular o nervosismo ou de transformar o nervosismo em ação. Alberto me diz que isso lhe parece bom, e quando estamos para explicar tudo isso aos alunos, aparecemos num bosque que tem árvores queimadas e intactas ao mesmo tempo. Escuta-se ao fundo uma melodia bonita embora tensa e dissonante; isto é, uma melodia bonita mas não relaxante. E mais ao fundo, oitocentos bebedores que repetem: a guerra é / só o que se vê. Enquanto isso, apesar de não estarmos correndo temos a sensação de correr muito velozmente. Ao longe, como um objetivo desejado mas não realmente desejado (isto é, um objetivo que cumpre o papel de desejado), vemos um fracassado que é ao mesmo tempo um pobre de espírito. Às nossas costas, oitocentas velhas nos aplaudem.

24

Alberto me saúda ao final de um caminho que vai para baixo. Parece que demoro várias horas para chegar até ele; quando o alcanço, aparecemos numa universidade inglesa falando sobre coisas que não conhecemos. Os alunos notam que não sabemos o que dizemos saber e ficam de pé: medem dois metros e meio de altura. Eles nos agarram todos juntos, e é como se fosse um só aluno enorme com dezenas de braços, mas é só uma sensação, porque sabemos que são vários alunos. De repente aparecemos num barco falando com uma velha. A velha diz que nós somos gênios, mas por algum motivo me incomoda que ela diga isso *desse jeito*, e respondo que se fôssemos gênios não teríamos que decidir nada. Nesse momento descobrimos que o que tínhamos que fazer no barco era dar uma aula, e então damos. Enquanto estamos dando a aula (que não tem tema) notamos que os alunos não entendem o que lhes dizemos e fazem perguntas que não têm relação com o tema (porque apesar de não haver tema fixo há, sim, sensação de tema, e o que os alunos dizem é sensivelmente diferente). Tudo continua assim até que um aluno faz uma pergunta: quem de vocês vai me ajudar? O aluno mede meio metro e parece um bebê. Alberto se aproxima dele e o levanta nos braços, e nesse momento coincidem três coisas: Alberto é uma velha, vejo-o mumificado e o aluno bebê tem uma cabeça de vaca *nitidamente* medieval. Por algum motivo, a situação se torna tensa; Alberto pisca os olhos e isso me faz pensar na guerra. A imagem que aparece nesse momento é a de uma trincheira cheia de soldados.

25

Numa lousa de uma universidade inglesa se lê: se não fizermos nada, depois poderemos fazer tudo. A frase (é uma certeza) foi escrita pelos militantes fascistas de uma universidade inglesa. Ao ler a frase Alberto e eu sentimos que somos terroristas, porque não sabemos o que somos capazes de fazer. Pergunto a Alberto: como poderíamos deixar de ser terroristas? Alberto, mumificado, me responde: é preciso agir e equivocar-se como Che. E Alberto, já completamente mumificado mas no entanto ainda ele mesmo, me diz: Che não era nenhum terrorista, porque sabia o que fazer, isto é, tinha usado sua inteligência para conseguir que as possibilidades que o mundo lhe oferecia não fossem tantas; assim, aos poucos, o número de possibilidades era cada vez menor até que só lhe restou uma; pouca gente consegue fazer isso, embora a muitos aconteça isso, como, por exemplo, os doentes terminais, a quem em certo momento, no final, só resta morrer; ou aos bebês, que só podem crescer; na realidade, acontece com todo mundo: a única diferença é ter sido ou não possível tomar uma ou várias decisões, isto é, ter agido depois de ter pensado ou enquanto se pensava, ou, em todo caso, que se tenha buscado deliberadamente a situação a que se chega. No entanto, nesse momento percebo que para poder agir desse modo seria necessário abandonar o estado nervoso que é a guerra; Alberto, como se me escutasse, me diz: a guerra, enquanto estado nervoso, imobiliza, e essa imobilização faz de todos nós terroristas. E nesse momento ele repete: é preciso agir e equivocar--se como Che. Mas toda essa produtividade improdutiva se dissolve quando aparecemos num barco dando aula para um grupo de alunos muito velhos que nos perguntam coisas do tipo como seria uma relação misteriosa? Sendo que nós não estabelecemos nenhuma relação porque não sabemos o que estamos dizendo. Depois estamos num aeroporto e vemos que se aproximam de nós três garotas que vêm de uma discoteca e estão suadas de tanto dançar; as garotas se aproximam de nós, mas o momento é censurado (ainda que se sinta algo nervoso); a censura deixa tudo escuro, e assim permanece até que uma delas nos pede uma relação entre Léon Bloy e Lawrence da Arábia. Alberto me olha e me diz que não sabe; eu tampouco sei de nada, e nesse momento notamos que as mulheres são velhas e estão bêbadas. Aparecemos depois numa universidade inglesa e damos aula mas não temos alunos (exceto uma velha que em vez de nos escutar canta uma melodia bonita que dissolve todos os problemas).

26

Alberto está terminando de construir algo que se vê como um borrão, embora se saiba que é um aparelho que produz algo positivo. Eu tenho o mesmo aparelho diante de mim e, pelo que parece, já terminei de montar o meu. Depois há momentos de confusão até que, sem que nada aconteça no intervalo, os aparelhos que construímos começam a nos atacar. Agora se vê bem o que eles são: têm a forma de um aluno de dois metros e meio e cheiro de trapo velho. Alberto me diz: fizemos coisas que nos destroem. Digo a Alberto que o que ele está dizendo é uma obviedade, embora isso não signifique, digo a ele, que deixe de ser exato. Alberto continua falando comigo e em algum momento de sua conversa (que parece ser só ruído, porque não se pode descobrir um sentido no que ele diz) toda a situação perigosa pela qual estávamos passando se dissolve e aparecemos num barco. Alberto me fala do *enigma da situação anterior*, e está claro que com "situação anterior" não se refere ao que aconteceu conosco *antes*. Eu lhe pergunto, então, a que ele se refere, mas ele me diz que não pode saber; me diz: não posso dissolver o enigma porque é um enigma; se eu o dissolvesse, deixaria de ser enigma e então não poderíamos mais pensá-lo, e eu gosto de pensá-lo. Nesse momento tenho certeza de que, na realidade, Alberto não pode pensar o enigma justamente porque gosta do enigma; então, o que ele não gosta é de pensar o enigma, porque pensar o enigma supõe tentar desfazê-lo. Quero lhe dizer minha conclusão, mas algo me impede; reúno forças e, quando estou para conseguir, aparece um pobre de espírito e a pronuncia. Vejo que Alberto fica fascinado com a descoberta, e essa sua fascinação parece tingir tudo de branco. Aparecemos numa universidade inglesa dando aula a dois alunos: um fracassado e um pobre de espírito. A aula é sobre algo que não se entende bem mas que teria a ver com o incômodo de pensar contra si mesmo. O tema, tenho certeza, foi decidido pelo pobre de espírito; Alberto me diz: ele quer saber do que não sabe. Eu respondo que sim, que para isso se ensina, e ele me responde: sim, mas ele sabe que nunca vai saber sobre isso. Nesse momento aparecemos num barco e Alberto quer pular no mar. Quer chegar a uma ilha que se vê muito longe. Digo que a ilha está muito longe, mas ele me diz: se chegarmos, chegaremos. Então pulamos, mas ao cair aparecemos numa universidade inglesa dando aula sobre qualquer coisa.

27

Estamos num barco e se vê, ao longe, uma ilha para onde Alberto quer ir. Ele me diz: nessa ilha está tudo. De repente notamos que o barco, que é ao mesmo tempo uma ponte, está cheio de gordos mortos; Alberto me diz: morreram, *mas* por um problema de obesidade. Pergunto, um pouco surpreso, o que ele quer dizer com "mas". Alberto, um pouco incomodado, faz psiu e um gesto com a mão para que eu me cale, porque está muito concentrado olhando a ilha e repetindo "lá está tudo". Alberto quer pular, mas eu tenho uma ideia melhor; digo para ele: se o barco é também uma ponte, então pode nos levar até a ilha. Mas essa situação desaparece e nós aparecemos no banheiro de uma universidade inglesa que é ao mesmo tempo o banheiro de uma discoteca e ao mesmo tempo a cozinha de uma igreja (essa tripla condição é para nós uma certeza). Alberto quer sair à rua, mas algo nos impede. Uma velha está fazendo uma sopa fumegante; quando nos aproximamos para olhar dentro da panela, aparece uma espécie de censura que nos faz pensar num trapo velho. Um aluno muito alto nos diz: o problema é que o trapo é de rendilhado velho: não se pode ver metade das coisas. E como se as palavras do aluno fossem algo a se cumprir, de repente vemos só metade das coisas que estão na panela. Alberto me diz: tudo está aí mas só se pode ver a metade. A discussão que se forma nesse momento entre Alberto e eu, de um lado, e vários alunos de uma universidade inglesa, de outro, é a seguinte: como se poderia saber se o que se vê é a metade de algo, isto é, que não é simplesmente algo completo que tem aparência de metade de algo? Alberto e eu queremos acreditar que uma metade está oculta mas, de alguma maneira, disponível; os alunos dizem que são aparências de metades que, na realidade, são coisas completas e não metades. A conclusão a que chegamos é a seguinte: sejam elas metades de algo ou coisas completas, o fato de que se apresentem como metades faz com que a outra metade ganhe existência. Essa conclusão nos enche de alegria. Tudo o que vem a seguir é um clima de festa que se interrompe quando notamos que os alunos continuam discutindo sobre o tipo de existência da metade não visível que ganha existência.

28

Repete-se a situação do barco e da ilha; Alberto diz: lá está tudo. Quer pular mas eu lhe proponho usar o barco como ponte. Nisso estamos, quando aparecemos numa universidade inglesa dando uma aula. Mas nem Alberto nem eu queremos dar a aula, assim falamos de qualquer coisa: dele, de mim, do que comemos no café da manhã, das coisas que detestamos. Os alunos estão interessadíssimos e participam tanto que não nos deixam falar. Assim conseguimos escapar, porque eles ficam discutindo sobre calças compridas e deixam de prestar atenção em nós. De alguma maneira, conseguimos controlar o momento seguinte e aparecemos no barco. Alberto, agora muito decidido, quer pular do barco, mas eu insisto em usá-lo como ponte e chegar à ilha *em bom estado*. Nesse momento, Alberto se joga na água e eu hesito em segui-lo. A dúvida é tão grande que me causa uma sensação desagradável. Aparecemos numa universidade inglesa falando sobre Lawrence da Arábia, mas tudo o que podemos dizer é tão básico que os próprios alunos sabem mais do que nós. Intermitentemente, aparece a cena do barco e se repete a mesma coisa de antes: Alberto pula e eu hesito se devo ou não pular. Depois fica somente a dúvida censurada.

29

Encontramos um aluno que quer nos dizer algo; dizemos a ele que diga mas ele hesita; passa muito tempo até que ele se anima e nos diz: a guerra é uma mutreta que faz ficar nervoso. Nesse momento, Alberto e eu sentimos que essa frase é culpa nossa. Depois estamos num boteco com oitocentos bebedores que brindam olhando para nós: é um brinde em nossa honra. Um deles se levanta e, piscando um olho para nós, grita: somos terroristas porque não sabemos o que fazer. Saímos, apressados, para um pátio negro e aparecemos num barco que é ao mesmo tempo uma ponte. Tudo é negro menos uma ilha que se vê ao longe. Alberto me diz: essa ilha fica a vinte metros. Eu lhe digo que no mínimo deve estar a dois quilômetros, mas ele insiste que ela está muito perto. Quer pular e nadar até a ilha, mas eu lhe proponho outra coisa: usarmos o barco, que também é uma ponte. Alberto não quer esperar e diz que vai nadar até a ilha. Pula e eu hesito em segui-lo. Depois aparecemos num quarto destruindo bonequinhos; tudo parece estar muito bem, mas não sinto nenhuma emoção ao fazer isso; no entanto, tenho certeza de que poderia ser emocionante. Alberto me acusa de não querer aproveitar. Ouve-se, do alto do teto esburacado, o canto de uma velha com musselina na boca; ao fundo, um coro de oitocentos bebedores que diz: a guerra é / tudo o que se vê / este terror. A melodia da velha é bonita e abafada; diz: na distância / um espaço vazio / é o paraíso / dos cansados. Acima dos oitocentos bebedores e da velha, pode-se ver voando um velho que é uma pomba com as asas quebradas. Alberto me diz: no entanto, voa. Mas parece estar para cair a qualquer momento.

30

Estamos Alberto e eu num barco tentando encontrar uma velha adivinha que cobra muito caro. Encontramos a adivinha, falamos com ela e ela nos diz: vocês irão a uma ilha. Perguntamos a ela quanto vai nos cobrar e ela nos diz um valor muito menor do que esperávamos. Pagamos e agradecemos. Quando saímos, descobrimos que a velha com quem falamos não era a que buscávamos e sim outra que cobra barato e tem má fama. De repente aparecemos num barco diferente do barco em que estávamos. Alberto me olha e diz: estamos numa universidade inglesa. Digo-lhe que não pode ser, embora veja uma sala de aula e vários alunos esperando. Não sabemos se devemos ou não entrar; Alberto me diz: não sei sobre o que poderíamos começar a falar. Quando olhamos com atenção para os alunos, notamos que são oitocentos; olhamos com mais atenção e notamos que estão numa cantina e são bebedores. Tento dizer algo a Alberto mas ele faz psiu e um gesto com a mão para que eu me cale. Aparecemos num quarto negro; diante de nós há um bebê com cabeça de vaca nitidamente medieval; atrás dele, cinco garotas suadas. O bebê nos diz: os fascistas dizem que é melhor não fazer nada para depois poder fazer tudo; e acrescenta: mas eu não digo isso. As garotas gritam entusiasmadas e levam o bebê embora, e nesse momento vemos que elas são velhas.

31

Aparecemos num barco e ao longe se vê uma ilha. Alberto me diz: não está tão longe. Parece disposto a pular. Tento convencê-lo a usarmos o barco como ponte para chegarmos à ilha, mas Alberto me diz que isso levaria muito tempo. E embora não se possa saber se levaria tempo ou não, tenho certeza de que ele tem razão. Alberto se joga na água, e eu tento segui-lo mas não posso. Deixo escapar em voz alta: não posso pular. Aparece um pobre de espírito e me responde: está bem, serve para isso. O quê?, pergunto a ele. Ele diz: o livro que estás lendo. Olho minhas mãos e vejo que tenho um livro, e que nunca poderia pular com um livro nas mãos. De repente aparecemos num quarto negro. O chão se move, e Alberto, apontando para algo, me diz: o chão está apodrecido. Olho para cima e vejo que uma pessoa anota tudo o que fazemos. Está anotando que o chão está apodrecido. Atrás da pessoa, por um buraco no teto, se vê um velho que é uma pomba voando muito bem com as asas completamente quebradas. Alberto me diz: ele tem as asas quebradas e *no entanto* voa: não sabe o que faz, mas faz. Peço que ele me explique por que diz "no entanto" e por que diz que ele "não sabe", mas antes que ele me responda aparecemos sentados num banco. Alberto tira da cabeça um chapéu que está usando e eu faço a mesma coisa. Quando olho para dentro do chapéu de Alberto, vejo que tem escrito seu nome. O meu também tem meu nome, e Alberto diz: sinto como se nos conhecêssemos há muito tempo. O comentário tem tão pouco sentido que tudo se torna mais ou menos escuro, como se a luz tivesse sido tapada por um trapo velho.

32

Alberto está na água e eu num barco. Pelo que parece, Alberto acaba de pular; me diz: vamos para a ilha, lá está tudo. Mas eu não posso pular. Um pobre de espírito que está à minha frente diz a um fracassado: ele tem um livro na mão; assim não vai poder pular. Aparece uma velha e me diz: me dá esse livro. Eu respondo que não posso, que preciso dele. A velha, muito amavelmente, me pergunta para quê. Respondo: serve para isso. Mas nesse momento, cercado por todos, sinto que a ajuda é excessiva e começo a suspeitar. Estou em guerra, digo a mim mesmo: não deveria acreditar em ninguém. Olho para baixo e vejo Alberto; está nadando de costas e brincando. Ele me diz: vamos para a ilha, lá está tudo. Não sei o que fazer. Aparecem vários alunos de dois metros e meio de altura que querem me tomar o livro, supostamente para me ajudar; de repente, aparece para mim a imagem de um cômodo com bonequinhos e, como fruto desse exemplo, jogo o livro antes que o tomem de mim. As pessoas que me ajudavam, ao ver que estou para pular, querem me impedir: me seguram pelas mãos e pela cabeça. Nesse momento entendo que o livro para eles não tinha importância. Com esforço, consigo pular; ao cair, sinto que me afogo, e isso dura bastante tempo. Repetem-se depois, várias vezes, o pulo e o afogamento, até que de repente aparecemos Alberto e eu numa cantina negra com oitocentos bebedores que cantam: a guerra era / só o que havia / nesta vida / a guerra é / só o que se vê. Alberto tem uma vassoura na mão e quer vendê-la. Oferece a vassoura a um dos bebedores; o bebedor, sem parar de cantar mas falando com nós dois ao mesmo tempo, nos diz: gostei, vou comprar. Agora Alberto tem um monte de cédulas na mão e quer comprar uma casa no campo. Por algum motivo, tenho certeza de que essa compra terminaria num desastre. Digo a Alberto: não, não compre. Alberto faz psiu e um gesto com a mão para que eu me cale, mas de qualquer forma joga a grana no chão e a pisoteia. Depois estamos num barco e Alberto quer pular para uma ilha que se vê em frente; me diz: nessa ilha está tudo. Proponho que ele use o barco como ponte, mas ele se nega e pula na água. Fico em cima, muito tranquilo, lendo um livro.

33

Alberto e eu estamos num barco tentando ler um livro juntos, mas não conseguimos porque na coberta há oitocentos bebedores tomando vinho com cheiro de trapo velho e cantando: é a guerra / o que me aterra / e por isso estou nervoso. A melodia que cantam é tão alegre que Alberto e eu nos unimos a eles, ainda que, por algum motivo, só fazemos de conta que cantamos: nos colocamos no meio dos bebedores e mexemos a boca. Tudo continua assim por um instante até que um deles se dá conta de que não estamos realmente cantando e grita: esses aqui não cantam. Alberto olha para mim e diz: é hora de ir para essa ilha. Que ilha?, pergunto. Ele aponta com o dedo um ponto bem distante e me diz: lá está tudo. E, sem dizer mais nada, Alberto pula do barco. Fico em dúvida: vejo Alberto embaixo, na água, à espera, e vejo os bebedores em cima, a me ameaçar com os punhos, embora não pareçam decididos a fazer nada comigo. Essa situação dura muito tempo até que aparecemos numa cantina negra. Há oitocentos bebedores bebendo e brindando a nós com gritos de: brindemos a eles! Nós vamos com eles e começamos a cantar todos juntos algo parecido com o seguinte: o terrorista / duvida da própria vista / mas quanto a mim / gosto do que vejo / porque não creio / que uma coisa assim exista. E isso continua por muito tempo, com um espírito muito alegre.

34

Não sei o que acontece, mas Alberto e eu estamos e não estamos ao mesmo tempo e alternadamente: quando estamos, o lugar é um barco, embora não muito claramente, e o barco se move e avança na direção contrária a uma ilha que Alberto aponta em lágrimas; quando não estamos, não é claro por que, mas a sensação é de escuridão; e quando estamos ao mesmo tempo nos dois lugares, se trata de uma superposição sem conflito entre estar e não estar: é uma suspensão das coisas. Nessa suspensão, Alberto concebe a ideia de entrar numa ilha que não se vê. De repente estamos numa ilha e por algum motivo não podemos abrir os olhos, embora eu tenha certeza de que o lugar é aquele que buscávamos.

35

Alberto fala comigo tanto e tão rápido que não o entendo. Sei que está falando sobre uma ilha em que, segundo diz, estaria tudo. Quanto mais tempo passa, mais confuso se torna o que ele diz. O lugar em que estamos parece ser uma cantina vazia e escura. Em determinado momento, entendo o que Alberto diz: entra-se na ilha pela escuridão, na suspensão. Respondo com um tom grave: quando entendo, entendo menos; prefiro o murmúrio incompreensível. Alberto ri. Caem do teto flores que ao se chocarem contra o chão fazem um ruído desagradável. Seguro uma delas (embora sinta estar segurando mais de cem) e a aspiro: está apodrecida. Alberto toma a flor de mim e a usa para limpar suas botinas negras. Mas quanto mais as limpa, mais elas se sujam. Digo: Alberto, essas botinas são um nojo. De repente aparecemos num banco e Alberto quer vender uma vassoura que tem na mão; me diz: eu queria dá-la a meu sobrinho, mas é melhor vendê-la e comprar umas botinas negras. Passamos para uma situação em que Alberto já vendeu a vassoura e comprou umas botinas negras com as quais está calçado. Olho-as e vejo que um solado é muito mais alto que o outro: são mal feitas. Digo a Alberto que ele está caminhando como se fosse manco, mas ele faz psiu e um gesto com a mão para que eu me cale. Não sei como, mas depois aparecemos num barco; é noite e por algum motivo estamos tristes. Alberto aponta para uma ilha que se vê muito longe; me diz: nessa ilha está tudo, não? Digo a ele que sim, mas tento ser sincero comigo mesmo e reconheço que não sei. Depois digo a Alberto que não sei e ele me diz que já tinha se dado conta.

36

Estamos Alberto e eu numa universidade inglesa, percorrendo o parque e admirando a arquitetura; Alberto me diz: olha essa abóbada gótica. Quatro estudantes muito altos se aproximam de nós e dizem: queremos aprender com vocês. Nós lhes respondemos que não temos nada para ensinar, mas eles insistem: queremos que vocês falem para nós sobre Léon Bloy. De alguma maneira, aparecemos numa cantina e há uma velha num cenário que canta como se tivesse musselina na boca; a canção diz: na guerra / meu canto aterra / qualquer um que sorri por mais de dois minutos. Mas a canção é de uma doçura tal que começamos a nos elevar e chegamos, não se sabe como, a uma universidade inglesa. Aproximam-se de nós três estudantes; medem dois metros e meio de altura e parecem perigosos. Alberto faz psiu, faz um gesto com a mão e me diz ao ouvido: são fascistas. Queremos escapar, mas mover as pernas se mostra tão difícil e pesado que não conseguimos avançar e eles nos capturam e nos levantam no ar. Essa cena se repete muitas vezes (sem uma quantidade clara, mas com o efeito da repetição prolongada e obrigatória): tentamos escapar, mas nossas pernas estão tão pesadas ao se mover que eles sempre nos capturam. A repetição é angustiante, sobretudo porque não há motivo para não podermos escapar. Alberto me diz: é por coisas assim que temos que passar. Eu respondo: é para isto o livro que estou lendo (tenho um em minha mão). Nesse momento aparecemos numa trincheira repleta de soldados que cantam uma canção horrível. Um soldado se aproxima de nós e diz: estamos todos muito nervosos. Alberto, com um sorriso, responde: claro, porque estamos em guerra. O soldado fica pensando; após um instante, nos diz: estamos muito nervosos não porque estamos em guerra, mas estamos em guerra porque estamos muito nervosos. Eu intervenho e digo: não, as duas coisas dão no mesmo: a guerra é estar nervoso. Todos os soldados deixam de fazer o que estavam fazendo e começam a rir da minha frase, mas a sensação não é de que zombam de mim mas que entendem que o que eu disse é um chiste. Eu rio com eles e esse é um momento de alegria para todos, que dura até que Alberto e eu aparecemos num bar e pedimos o café da manhã. Quando a garçonete vem nos servir tentamos olhar seu decote, mas não podemos ver nada porque no fundo tudo parece ser de trapo velho.

37

Está escuro e chove e há um vento frio que nos congela. Alberto me diz: não me queixo do que é estranho. Mas apesar disso a situação não é estranha: há vento e chuva, e estamos passando realmente mal. Isso dura um instante até que aparece um pobre de espírito que nos diz: quero que vocês me falem de livros e que me digam que estou louco. Mas nós não sabemos nada, não podemos falar de nenhum livro. O pobre de espírito insiste: me falem de Léon Bloy, de São Paulo Apóstolo, de São Paulo Ermitão, que foi o primeiro ermitão cristão e encontrou seu caminho no isolamento. Não sabemos o que dizer a ele e sentimos que a chuva está derretendo nossos ossos (a sensação não é clara, mas se sente algo parecido com isso). Agora estamos numa caverna, protegidos de uma chuva que apenas se escuta. Junto a nós há

um pobre de espírito que nos diz: me falem
da bela aparência e da aridez da caverna, do
caminho que São Paulo Ermitão encontrou.
Mas nós quase não sabemos quem é esse São
Paulo e respondemos: é para isso o livro que
você está lendo. O pobre de espírito olha o
livro que tem na mão, lê um pouco e, com
cara de quem não entende, diz: não me queixo do que é estranho, mas explico: um é de
29 de junho e o outro de 15 de janeiro. Olhamos para ele com cara de quem não entende, e ele acrescenta: me refiro ao hagiológio.
Depois há um vazio que dura até que aparecemos numa sala de aula de uma universidade inglesa diante de um grupo de alunos
fascistas. Estamos molhados e não sabemos
de que falar. Um dos alunos levanta a mão
e pede explicações. O que você quer saber?,
pergunto. Não quero saber, ele diz: só quero
que me falem de livros e me digam que estou
louco. A situação é tão tensa que saímos por
uma espécie de buraco. Aparecemos numa
cantina negra e úmida. Sentimo-nos como se
feitos de trapo velho.

38

Alberto me olha e, apontando para um ponto escuro, me diz: não sei para onde deveríamos ir. Olho o ponto escuro e vejo que há três caminhos entre os quais temos que escolher. Alberto me diz: é *excessivo* que isto seja assim. Digo a ele que penso a mesma coisa, que tudo poderia ser mais bem-feito, que escolher entre caminhos é lamentável. De todo modo, hesitamos sobre o que fazer. Aparece um conformista (temos certeza de que é conformista e pobre de espírito ao mesmo tempo) e nos diz: o caminho que vocês têm que escolher é esse. Olhamos para o que ele aponta: não há diferenças entre esse caminho e os outros dois. Perguntamos a ele por que esse caminho seria mais conveniente que os outros, mas só para ver o que ele diz, pois não confiamos nele. Ele nos diz algo incompreensível e se vai. Alberto me diz: se não se entende o que ele disse é porque não disse coisa com coisa. Eu concordo com Alberto, mas acrescento: de todo modo não sabemos que caminho tomar. Alberto fica meditativo: depois de um instante assim, me diz: temos que elaborar um plano de ação. Eu lhe digo que não podemos, que seria impossível elaborar um plano que derive da situação objetiva porque desconhecemos suas leis. Mas Alberto contesta: sim, tem que ser possível, porque o sistema de conteúdos é racional, e com base nesse mesmo sistema deveríamos bolar um plano. O que Alberto diz é exato, mas eu o contesto para provocá-lo: o sistema de conteúdos não responde a nossas necessidades, segue uma lógica própria que nos exclui; assim, não é possível elaborar um plano. Ficamos calados sem saber o que fazer, e isso dura até que aparecemos numa trincheira. Alberto está preocupado porque suas botinas negras estão se enchendo de lama. Um soldado se aproxima de nós e nos diz com cara feia: é a guerra / que te aterra. De repente aparecemos numa fonte e Alberto aproveita para limpar as botinas negras. Depois aparecemos numa oficina mecânica;

depois, num cabeleireiro; depois voltamos a aparecer numa trincheira. Alberto me diz: gostaria de ficar quieto por um tempo. Mas o movimento é inevitável, e continuamos passando de um lugar para o outro até que me dou conta do que está acontecendo: passamos de um lugar para o outro tão rápido que os lugares começam a se misturar. Então estamos num cabeleireiro mas vemos alguém que conserta um carro e há alguém que é um soldado coberto de barro numa trincheira. Tudo começa a ficar pior quando no cabeleireiro há soldados mortos e na fonte carros soterrados e na universidade inglesa vemos que estão todos tomando vinho com gosto de trapo. Uma velha com musselina na boca canta uma melodia que nos emociona; diz: o que se move / é um soldado / e ao seu lado / estamos todos esperando que nos avisem / se seria possível / que nos digam quem esperamos / porque já passou bastante tempo / e aos poucos vamos nos cansando. Nesse momento ficamos quietos e nos damos conta de que nos sentimos muito cansados. No final, é como se ficássemos adormecidos, embora esteja claro que estamos despertos.

39

Estamos numa universidade inglesa dando uma aula sobre constelações, mas não sobre as constelações realmente existentes e sim sobre a ideia de constelação. Alberto diz: ligamos esses pontos e surge algo feito por nós, mas os pontos já estavam lá. Os alunos não entendem. Eu insisto: os pontos não poderiam ter sido unidos sem nossa intervenção, e nós decidimos qual ponto ligar com qual outro; por isso o resultado, isto é, a constelação é uma criação nossa a partir de algo previamente presente; até se poderia dizer que alguém *encontrou* uma constelação. Mas os alunos continuam sem entender nada. Um deles se levanta: mede dois metros e meio. Quer fazer uma pergunta; um pouco assustados, lhe dizemos que faça. Ele nos diz: vocês falam besteira, mentem, não sabem o que dizem, nos tratam como estúpidos, acham que são... Aparecemos numa fonte; Alberto, enquanto lava suas botinas negras, me diz: sinto como se este lugar fosse realmente agradável. Digo-lhe que sinto a mesma coisa e, para confirmar isso, me agacho e tomo um pouco de água. A água é saborosa, e isso me faz questionar: por que a água tem sabor?; de quê? Alberto prova da água e me diz: tem gosto de trapo velho. Torno a prová-la e digo que ele tem razão. Apesar disso, desta vez o gosto de trapo velho não é desagradável e permanece como um fundo enquanto vamos passando de um lugar a outro sem que possamos interromper.

40

Estamos Alberto e eu passeando por uma ponte quando se aproxima de nós um homem com a cavidade dos olhos vazia, isto é, sem os globos oculares. É cego, Alberto me diz. O homem nos ouve, se aproxima de nós e diz: no entanto, vejo. E começa a fazer demonstrações do tipo: aqui estão três paus, ali está uma águia, aquilo ali é verde etc. Mas Alberto o interrompe; diz para ele: você me fala de coisas que eu vejo, mas isso não significa que você possa ver; para demonstrar-me isso, deveria falar de coisas que eu *não* vejo. O homem, então, com a atitude de alguém que é descoberto trapaceando, faz um gesto com a mão e se vai. De repente aparecemos numa universidade inglesa que é ao mesmo tempo uma cantina. Há oitocentos alunos tomando vinho com gosto de trapo (não somente temos certeza de que tem gosto disso como, ademais, se sente o cheiro). Um dos alunos se levanta e grita: eles entraram! Mas o grito não tem efeito, porque nós agimos como se estivéssemos sós. Vem a garçonete para nos atender e tentamos olhar seu decote, mas não vemos nada. Alberto me diz: o fundo é de trapo velho. Respondo que sim, mas que se é realmente de trapo deveríamos poder sentir seu cheiro, e como o ambiente cheira a trapo nunca vamos saber a verdade. Alberto, então, se lamenta por estarmos condenados a perceber tudo com o olfato; me diz: somos como cães. Eu lhe digo algo que nem ele nem eu entendemos, de modo que provavelmente eu não tenha dito nada.

41

Estamos num barco. Olho para a direita e vejo uma caverna; Alberto me diz: por que você não olha para a esquerda. Faço como ele diz e vejo uma ilha cheia de plantas e pássaros. Da ilha vem uma música que não é nem agradável nem desagradável; digo a Alberto: essa música é outra coisa. Alberto não me entende e eu não consigo me explicar. Depois estamos numa cantina cheia de mulheres jovens que tomam vinho. Entre elas há uma velha de pé sobre uma mesa que canta uma melodia que nos comove muito. Por algum motivo, as pernas da velha são bonitas e jovens. Quando quero comentar esse último fato com Alberto, não o encontro. Percorro o lugar com a vista (assim se sente o que faço) e o vejo: está ao lado da mesa extasiado diante das pernas da velha. A letra da melodia é: uma pessoa / aciona / o motor deste momento / mas eu sinto / que o que acontece é muito pouco. Aparecemos num bosque em que todas as árvores parecem pernas ou madeira alternadamente, e estamos escapando de algo que, embora não saibamos o que é, sabemos, sim, o efeito que pode causar em nós.

42

Tentamos dar uma aula numa universidade inglesa, mas tudo o que conseguimos fazer é dizer, uma vez após a outra: o fato é que somos fascinados pelos quartetos de Shost... Shost... Mas nunca conseguimos lembrar o nome. Um aluno se levanta e pede que lhe expliquemos o que há de fascinante nos quartetos de Shost... Não sabemos; ou sabemos, porque temos certeza de saber, mas não podemos explicar; e a segunda certeza é que se lembrássemos o nome poderíamos explicar a fascinação. O aluno, impaciente, grita para nós: vocês não são professores. Nesse momento aparecemos num lugar muito agradável, cheio de plantas, com montanhas ao fundo e um pequeno riacho. Alberto me diz: isto é o que se costuma chamar de um belo cenário. O lugar é feito para aproveitar, mas eu não me sinto tão à vontade. Pergunto a Alberto se com ele acontece a mesma coisa e ele me diz que sim; e acrescenta: é que parece feito para nós, para nos sentirmos bem, mas sem levar em conta o que nós precisamos. Olho o lugar detidamente e dou razão a Alberto; apesar disso digo a ele: no entanto, causa alegria pensar que alguém fez isso por nós e para nós. Alberto pensa como eu e reconhece que nosso incômodo é irracional. Passa-se um instante e Alberto me diz: sinto que poderíamos ser destruídos por esse cenário. Então, como consequência irracional de nossa sensação irracional, começamos a quebrar tudo para não acabarmos nós mesmos destruídos. Ao terminar de destruir tudo, nos arrependemos e não entendemos o que fizemos. Alberto me diz: é que nunca pensamos nisso, nem sequer deveríamos ser capazes de nos arrepender. Depois aparecemos num barco; ao longe se vê uma ilha.

43

Alberto e eu, largados num banco de praça, vemos como voa um velho que é uma pomba e tem as asas completamente quebradas. Alberto me diz: no entanto, voa. Como se fosse uma resposta à frase de Alberto, nesse momento o velho inicia uma trajetória que o vai levando ao chão e, pouco antes de concluído o seu percurso, aparecemos numa loja de brinquedos falando de Léon Bloy. Alberto me diz: se falarmos muito talvez nos *presenteiem* com essa vassoura. A vassoura é preciosa e brilha. A vendedora, que está nua, nos diz: é de ouro. Alberto me diz: quero uma para meu sobrinho. Nesse momento me dou conta de que Alberto não sabe que a vendedora está nua. Tento dizer isso a ele, mas ele faz psiu e um gesto com a mão para que eu me cale. Então me dou conta de que embora a vendedora seja muito linda tem pernas de velha; e não só isso: ela calça umas botinas negras. Alberto, apontando para as botinas negras, começa a insultá-la. Depois aparecemos numa trincheira. Um soldado se aproxima de nós e diz: este é um lugar de paz. Então vemos que os soldados têm pernas de mulher e que, enquanto disparam usando os braços, dançam usando as pernas. Num nível mais profundo da trincheira, quase no centro, há uma velha que canta uma canção dupla: serve para a guerra e serve para dançar. São duas canções superpostas que calham muito bem juntas, nos diz um soldado que tem um trapo velho na mão com o qual tenta, sem êxito, limpar as paredes de barro. A canção é dividida em duas: a primeira parte diz: quem dispara / sabe o que faz; a segunda parte diz: aquele que dança / refaz a criança. Há um momento de escuridão que dura até que de alguma maneira aparecemos numa fonte. Agacho-me para tomar água e noto que é muito saborosa porque está apodrecida.

44

Alberto não para de repetir que seu nome é Alfredo, e eu aceito isso como se esse fosse seu nome de sempre, sem me perguntar nem mesmo porque ele tenta me convencer de algo que é um fato. Mas talvez porque no fundo eu saiba que seu nome é outro (embora aceite o novo como se fosse o original). Começo a desconfiar do que Alberto me diz e isso me causa um sentimento de solidão que dura até que aparecemos numa loja de brinquedos. Alberto (agora com seu nome) quer trocar uma vassoura de ouro por outra coisa, mas não encontra nada que o agrade. Começamos a revirar tudo buscando algo; num instante, a desordem é tal que não podemos nos mexer. De repente, aparecemos no mesmo lugar, mas está organizado e não nos animamos a tocar em nada; por uma janela se vê uma ilha e ao fundo se ouve uma velha (não a vemos, mas temos certeza de que se trata de uma velha, embora sua voz seja de jovem) que canta uma canção com uma letra de três versos que diz: se olho e não toco nada / tudo brilha / entenda-se isso como um conselho. A melodia da canção é tão bonita que ficamos numa espécie de suspensão muito aprazível (embora não possamos evitar a sensação de estarmos para cair a qualquer momento).

45

Estamos Alberto e eu sentados num banco de uma praça e não sabemos o que fazer e, embora a paisagem não inclua essa possibilidade, ao longe se vê uma ilha e temos vontade de estar lá, mas não nos perguntamos como é que se vê uma ilha a partir de um banco de praça. Alberto, então, me diz: essa ilha está aí, mas é como se não estivesse. Depois aparecemos numa cantina; há oitocentos bebedores tomando vinho com gosto de trapo (o gosto de trapo é uma certeza porque se pode cheirá-lo no ar). Alberto me diz: eu gostaria de dizer aos bebedores que o vinho deles tem gosto de trapo; eu lhe digo: quanto a mim, eu gostaria de usar toda essa grana (sabemos que temos muita grana) para comprar um vinho melhor e dá-lo de presente aos bebedores. Temos vontade de fazer várias coisas, mas a possibilidade de fazê-las mal nos deixa imóveis. No meio da cantina há uma velha que canta; a melodia é horrível, e a letra diz: ainda que quase tudo sempre dê errado / a possibilidade de por acaso fazermos algo certo / faz valer a pena se mexer. Alberto me explica, ainda que eu já entenda: a velha diz que dá no mesmo fazer qualquer coisa porque o fato de que algo dê certo está além de nós. Eu respondo: não, não dá no mesmo fazer qualquer coisa, porque só se deve fazer o que se quer fazer; não há nenhuma outra coisa que justifique uma ação; a possibilidade de que o que se faz dê certo ou errado é alheia à ação em si. Então decidimos fazer o que queremos. Alberto fica de pé numa mesa e se põe a cantar: seu vinho / bebedores / tem gosto de trapo. De imediato o ambiente fica tenso. Os bebedores estão nervosos e começam a ver seu vinho com nojo. Vários deles começam a vomitar. Sei que agora eu deveria comprar vinho de boa qualidade e dá-lo de presente, mas não posso me mexer porque penso que não vão querer o vinho, que não vão gostar ou que vão interpretar mal minha generosidade (por exemplo, como desprezo). A velha me sussurra ao ouvido: o mais provável é que tudo dê errado para você, mas sempre pode dar certo, e sua intenção é boa. Nesse momento sinto que me encho de energia e vejo uma bandeira que diz "Che Guevara" tremulando na porta; então compro vinho com a grana que tenho no bolso (não é claro como faço isso, mas de repente o vinho comprado por mim está ao meu lado) e começo a distribuí-lo. Tudo parece ir bem, mas os bebedores se irritam do mesmo jeito e, embora o vinho lhes agrade, começam a nos insultar. A velha me diz: a trapaça em tudo isso é que as coisas dão errado mas nunca pelo motivo que se suspeitava. Aparecemos num banco de praça falando com uma velha que tem umas pernas bonitas; a velha põe sua cabeça entre as nossas e sua boca entre nossas orelhas e nos diz: podem fazer o que quiserem: não há responsabilidade nem liberdade. A certeza que tenho nesse momento é que se poderia realmente ser livre se se pudesse prever os efeitos das ações. Digo isso a Alberto, mas ele faz psiu e um gesto com a mão para que eu me cale.

46

Estamos Alberto e eu num banco de uma praça discutindo se é importante fazer o que se quer fazer ou se dá no mesmo porque em todo caso nunca se pode saber em que nos equivocaremos nem em que vai terminar o que fazemos. De repente aparecemos num barco; ao longe se vê uma ilha, e na ilha há plantas e pássaros. Alberto me diz que quer estar lá, que lá está tudo de que necessitamos, e se joga na água. Aparecemos numa loja de brinquedos; Alberto fala de um morto desconhecido tanto por ele como pela vendedora e por mim. Segundo ele diz, o morto é um soldado e, se era um soldado, diz Alberto, significa que estamos em guerra, porque os soldados morrem na guerra. Nesse momento a vendedora nos diz: deve ser por isso que ando tão nervosa. Tentamos explicar a ela que não é que ela esteja nervosa porque

estamos em guerra e sim que a guerra em si
é um estado nervoso; mas ela não entende,
talvez porque nós mesmos não estamos con-
vencidos do que dizemos e falamos titubean-
do de tal forma que várias palavras soam in-
compreensíveis, e ela nos diz com uma voz
que parece vir de outro lugar: se a guerra
fosse *assim* eu não teria nenhum problema
em aceitar. E justo nesse momento notamos
que a vendedora é pobre de espírito. Depois
estamos numa trincheira; lá vemos que um
soldado de cueca canta algo sobre a homos-
sexualidade da guerra; diz: a guerra é de homens que combatem / por isso / a guerra
não é uma coisa séria. Não entendemos e,
quando pedimos ao soldado que nos explique, vemos que ele é uma velha e tem umas
pernas bonitas. Nesse momento o desejo que
a visão das pernas nos provoca confunde nossa vontade. A velha sobe numa mesa e o lugar passa a ser uma cantina soterrada, isto é,
uma cantina inteira, com todos os detalhes,
mas metida numa trincheira (assim, pelo menos, é como se sente o ambiente). A velha
canta: a vocês, meus amigos / queria dar o
que tenho / estas pernas / com as quais me

antecipo ao que acontece / esta casa / e esta forma de nos abraçarmos / e se não insisto / é porque todos vocês vão morrer logo. As últimas palavras da velha deixam o ambiente negro, embora se escutem risinhos alegres dos soldados; quando a luz volta, não podemos ver nada até que aparecemos numa universidade inglesa onde caminhamos conversando enquanto a tarde cai de uma forma um pouco brusca e surpreendente.

47

Alberto e eu tentamos falar para um homem sem olhos sobre o que nos rodeia, embora nos custe bastante identificar os objetos. Isso dura um instante até que aparecemos frente a um espelho que nos reflete de uma forma que nos horroriza: Alberto é uma múmia e minha cabeça está crescendo. Vemos no espelho que atrás de nós há oitocentos bebedores e uma velha. Quando viramos para vê-los diretamente, já não estão lá, mas ao olharmos de novo no espelho notamos que continuam ali e que agora nossa imagem é a de nós mesmos sem deformações. Então Alberto me diz: eles estão no espelho e nós estamos tanto aqui como lá. Eu, no entanto, proponho uma questão: nós estamos aqui e lá ou somente aqui e isso é um reflexo nosso, como seria usual? Alberto ri e responde: se eles estão lá e não aqui é porque isso é um lugar e não apenas uma imagem. E justo nesse momento vemos que no fundo do espelho se vê uma ilha que não está ao nosso lado. Digo a Alberto: deveríamos poder passar para aquele lado. A velha, dentro do espelho, me responde: não podem, porque vocês estão aí e têm uma imagem aqui, e isso que para vocês é uma imagem para nós é real, portanto não faz sentido pretender estar duas vezes num lugar; quero dizer que vocês já estão aqui, mas de uma maneira que não lhes serve de nada. Depois aparecemos numa loja de brinquedos; somos atendidos por uma velha nua que nos pergunta o que queremos. Alberto lhe diz que quer comprar algo para um sobrinho seu e que está pensando numa vassoura; pensa um instante e acrescenta: uma vassoura de ouro. A velha lhe diz que não tem vassouras de ouro e Alberto, nervoso, começa a limpar suas botas negras. Depois estamos caminhando por um bosque cheio de árvores; em cada árvore há oitocentos bebedores que produzem um cheiro de trapo velho insuportável, e esse cheiro arruína nosso passeio.

48

Estamos Alberto e eu num barco quieto. Uma cigana tira as cartas para nós; ficamos esperando até que com um gesto ela nos dá a entender que não sabe lê-las e se desculpa por não poder nos dizer nada de útil. De repente aparecemos numa loja de brinquedos em que no lugar de brinquedos há livros. Começamos a ler e o tempo passa como se nada fosse acontecer. Nesse momento Alberto me olha e diz: Marx morreu para não terminar *O capital*. Não lhe dou atenção e continuamos lendo até que, de alguma maneira, aparecemos numa loja de brinquedos. A vendedora está nua; Alberto, sem prestar atenção a isso, lhe diz que quer comprar uma vassoura; depois lhe diz que quer trocar uma vassoura que tem na mão; e então as duas coisas começam a se alternar, cinco segundos cada uma (há um relógio que marca o tempo), sem interrupção. A vendedora, nervosa, começa a piscar os olhos, e isso faz com que tudo vá ficando negro (pouco a pouco, piscada a piscada, portanto as cenas são cada vez mais escuras). Depois aparecemos numa cantina brindando e cantando com oitocentos bebedores, nos divertindo muito. De repente, Alberto me olha com uma cara de lucidez que me impressiona, sobe numa mesa e, quando todos os bebedores olham para ele calados, grita: Marx morreu porque não terminou *O capital*. Primeiro há um silêncio; depois somente aplausos e gritos dos bebedores. Por algum motivo, aplaudem a nós dois, e nesse momento tenho certeza de que o que Alberto diz é verdade nesse momento.

49

Estamos num parque e ouvimos uma voz que nos diz: essa ilha está aí mas é como se não estivesse. Alberto e eu, no entanto, não sabemos a que a voz se refere nem vemos nada parecido com uma ilha. O que vemos aos nossos pés é uma caixa cheia de cocos. Alberto segura um coco e me diz: olhe, este coco recebeu um golpe de facão no lugar errado; por isso perdeu todo o líquido e agora não serve para nada. Eu seguro o coco, o observo e vejo que, efetivamente, o golpe de facão que somente visava a separar o coco do coqueiro o partiu ao meio de tal maneira que ele já está seco. Apesar disso, digo a Alberto, este coco, à primeira vista, é igual aos outros. Alberto me responde: sim, mas é mais leve. Então seguro outro coco e noto a diferença. De repente aparecemos numa cantina. Um bebedor olha para nós e, de propósito, deixa cair a taça que tem na mão. A taça se quebra e uma velha, sentada em outra mesa, nos diz: isso que aconteceu é a lei da gravidade. A velha deixa cair outra taça e repete: isto é a lei da gravidade. Diz isso com um tom zombeteiro mas com cara de estar nos ensinando algo. Num instante, todos os bebedores estão fazendo a mesma coisa e repetindo a frase, que agora parece uma reza: isto é a lei da gravidade, isto é a lei da gravidade... Sobre esse fundo, a velha canta: a ruptura / nos dá prazer, nos dá a cura / nos dá a forma da figura / nos faz sentir emoções / emoções puras. O lugar começa a ser inundado e ao mesmo tempo incendiado, e portanto a água começa a ferver. Diante do perigo, não sabemos para onde escapar; Alberto diz: temos que agir sob ameaça de desabamento. E justamente quando ele diz isso aparecemos numa jaula que parece uma sala de aula de uma universidade inglesa; aí, um professor de uns setenta anos nos diz: o homem é o animal capaz de fazer perguntas e dar respostas. Alberto me diz justamente o que eu pensava: isso está certo, ele tem razão. Imediatamente aparecemos numa sala de aula de uma universidade inglesa dizendo a um grupo de alunos mais novos do que nós a mesma coisa que o professor nos disse antes. Cada vez que dizemos a frase, os alunos aplaudem. Isso se repete várias vezes, e, embora se ouçam os aplausos cada vez mais alto, a cena é cada vez mais tênue e aos poucos se dissolve.

50

Estamos numa universidade inglesa e, embora tenhamos que dar aula, não sabemos de que falar e nem sequer sabemos se daremos a aula ou não. Perguntamos aos alunos o que fazer. Há um silêncio bastante longo que se quebra quando damos a palavra a um aluno que está levantando a mão. O aluno se levanta e diz: o que deve ser feito é acabar com o terceiro período. Todos começam a falar ao mesmo tempo e a discutir sobre o que o aluno disse, mas ninguém sabe o que aquilo quer dizer. Perguntamos a ele, pedimos que nos explique, mas ele nos diz que não sabe o que disse, que a voz que saiu não era dele, e realmente sua voz é agora bastante distinta da outra; menos firme e menos convincente, me diz Alberto ao ouvido. Todos lamentamos muito sua incapacidade de explicar-se, sobretudo pela suspeita que

Alberto e eu temos de que essa resposta poderia ter sido a correta. Um segundo aluno levanta a mão e, sem que ninguém lhe dê a palavra, diz, com uma voz desagradável: o que deve ser feito é defender a propriedade privada. Todos ficamos olhando para ele, assombrados com a estupidez de sua resposta, assombrados, sobretudo, com a falta de relação entre o perguntado e o respondido. Em meio ao assombro, o aluno que tinha falado antes dele cospe no seu cabelo e isso faz com que o segundo aluno se retire da sala chorando; mas antes de sair, à porta, sem parar de chorar, ele diz: não fui eu quem falou, essa não era minha voz. E, efetivamente, sua voz é agora muito diferente. O espanto dura até que Alberto levanta a mão e dá a palavra a si mesmo; ele diz: creio que é bastante evidente o que se deve fazer, mas o que se teria que ver antes é se se pode decidir e se se deve decidir ou não, porque haveria pelo menos duas opções: ou o problema está em que não se pode decidir ou está em querer decidir quando não se deve decidir e sim agir, dá para entender? Eu o entendo facilmente, mas os alunos lhe respondem que não; Alberto continua: quero dizer que talvez o problema seja que uma pessoa pensa que tem que decidir coisas em ocasiões nas quais a decisão de tomar uma decisão só pode acarretar um problema, isto é: imaginem que vocês estão caminhando tranquilamente quando, sem que esperem por isso, chegam a uma bifurcação, e em vez de simplesmente continuarem por um dos dois caminhos, que são exatamente iguais entre si e sobre os quais não possuem nenhuma informação, vocês definem que o que têm que fazer antes de continuar é tomar uma decisão: o que acontece? Um aluno, que mede dois metros e meio, com uma voz claríssima, diz: fico quieto para sempre. Alberto, satisfeito, lhe responde: exato, para sempre, porque não há como tomar uma decisão, e se a tomassem não estariam fazendo nada diferente do que teriam feito caso continuassem caminhando sem se deter, com a diferença de que sentiriam culpa por ter decidido mal, porque, indiscutivelmente, uma boa decisão não pode ser medida por seu efeito e sim pela decisão em si, e se a decisão não podia ser tomada, qualquer coisa que vocês decidam vai ser ruim. Um aluno, impaciente, interrompe Alberto: e então? Alberto responde: então o que se faz, quase sempre, é algo que vem à cabeça da pessoa, não algo que se decide, exceto nos casos em que só se pode decidir, porque nesses casos é possível e obrigatório decidir; por exemplo, se na bifurcação anterior um dos caminhos fosse claramente um campo minado; embora, claro, o problema é saber reconhecer os campos minados.

2006

Sobre o autor

Pablo Katchadjian (Buenos Aires, 1977) é um escritor argentino, autor de livros de poesia, novelas, ensaios e narrativas experimentais. Atualmente é professor da Universidade de Buenos Aires e da Universidade Nacional das Artes. Seus livros foram traduzidos para o inglês, francês, hebraico, armênio e português, entre outras línguas. No Brasil, publicou *A liberdade total* (DBA, 2021). Entre suas obras, destacam-se *Gracias* (2011), *El caballo y el gaucho* (2016), *Tres cuentos espirituales* (2019) e *Amado señor* (2020). No livro *El Aleph engordado* (2009), Katchadjian fez uma intervenção na obra de Borges, ao ampliar o conto "El Aleph".

1ª edição [2021]

Esta obra foi composta em Dante MT sobre
papel Pólen Bold 90 g/m², para a Relicário Edições.